VILLÈLE

AUX

ENFERS,

Poëme Héroï - Tragi - Comico - Diabolique

EN QUATRE CHANTS.

PAR

DEBRAUX ET LE PAGE.

Prix : 2 Francs.

Paris,

CHEZ LES MARCHANDS DE NOUVEAUTÉS.

1827.

Y+

VILLÈLE

AUX ENFERS.

❋

DE L'IMPRIMERIE DE GUIRAUDET,

RUE SAINT-HONORÉ, Nº 315.

❋

VILLÈLE
AUX ENFERS,

POÈME

Héroï-tragi-comico-diabolique,

EN QUATRE CHANTS,

PAR

ÉM. DEBRAUX ET CH. LE PAGE.

Pater! dimitte illis, non enim sciunt quid faciunt.

CHEZ LES MARCHANDS DE NOUVEAUTÉS.
—
1827.

NOTE DE L'ÉDITEUR.

M. Charles Le Page avait presque terminé, il y a dix mois, un poème en trois chants sous le même titre que celui-ci ; mais les circonstances en empêchèrent la publication, quoique l'apparition de cet ouvrage eût été déjà annoncée comme prochaine dans quelques journaux littéraires.

M. Émile Debraux, de son côté, s'était occupé tout récemment d'un poème sur les derniers événements, et ce sont ces poèmes réunis, fondus et coordonnés en un seul, que nous offrons aujourd'hui au public.

PRÉFACE.

Les siècles marchent; les anciens monuments vieillissent et s'écroulent; de nouveaux s'élèvent et s'affermissent; et chaque période amène avec elle des idées nouvelles, des besoins et des goûts nouveaux.

La poésie des Racine, des Corneille, des Crébillon, est toujours tendre, élevée, terrible; mais les sujets ont vieilli, et ne sont plus goûtés comme autrefois, ni comme ils mériteraient de l'être encore. Les Français s'intéressaient beaucoup jadis aux malheurs des Grecs, des Romains, et autres peuples anciens, en privilége depuis mille ans d'occuper d'eux toutes les scènes dramatiques. Et quel était le motif de ce puissant intérêt qui leur était porté? C'est qu'il était expressément défendu aux peuples de s'occuper de la conduite de leurs despotes ou de leurs tyrans subalternes; et l'affection qu'ils eussent très volontiers déversée sur leurs propres affaires, ils se trouvaient forcés de la porter sur des catastrophes imaginaires ou des malheurs historiques.

Les temps ne sont plus les mêmes. Les peuples, et notamment ceux de France et d'Angleterre, lisent, scrutent les actions du pouvoir, suivent de l'œil les pas secrets de ceux qui croient être inaperçus parce qu'ils ont la précaution de ne marcher que dans l'ombre, et s'intéressent, en général, beaucoup plus au convoi d'un La Rochefoucauld ou à l'exclusion d'un Manuel qu'à l'assassinat d'Agamemnon ou au bannissement de Coriolan.

Chaque jour cette propension du peuple à vouloir se rendre compte de la gestion de ses intérêts devient plus marquée, et tout ce qui s'éloigne totalement de la ligne qu'il veut suivre lui devient tellement indifférent, ou lui paraît de si peu d'importance, qu'à peine y jette-t-il un coup d'œil. C'est ainsi que le poëme de *Philippe-Auguste*, fruit de vingt ans de travail d'un homme que l'on peut regarder à bon droit comme un des premiers poètes de notre siècle, a passé, pour ainsi dire, comme inaperçu, tandis que *la Villéliade*, qui, malgré toutes ses beautés, lui est de beaucoup inférieure, a obtenu la vogue la plus éclatante. Pourquoi ?... C'est que le poëme de M. Parceval de Grandmaison se rattache à des hommes d'autres siècles, et que l'ouvrage de MM. Méry et Barthélemy ne traite que des hommes d'aujourd'hui.

Ces réflexions, dont nous ne croyons pas que l'on puisse contester la justesse, nous ont paru nécessaires pour justifier le sujet et le plan de notre ouvrage. Nous sommes Français aussi, et nous nous occupons beaucoup plus des affaires d'aujourd'hui que de celles d'hier. Nous avons pensé qu'en présentant, sous un cadre plus ou moins heureusement trouvé, une espèce de galerie politique des événements mémorables les plus récents, nous serions traités avec indulgence par le public, et voilà pourquoi nous avons adopté le cadre politique.

Quant à l'exécution, nous sommes intimement persuadés qu'il nous eût été possible de la rendre plus digne d'occuper un instant l'attention des gens de lettres; mais nous défiant nous-mêmes de nos forces et de la bonté de notre goût, nous avons préféré mettre le public entier dans notre confidence; et nous attendons, pour exécuter les corrections que cet ouvrage peut exiger, que nos fautes (que notre indulgence paternelle nous a peut-être empêchés d'apercevoir) nous soient indiquées par les hommes d'esprit et les véritables gens de lettres.

Nous n'avons rien inventé dans cet ouvrage, si ce n'est la mort prématurée de M. de Villèle, mort prématurée que nous sommes loin de lui souhaiter.... L'homme le plus exalté ne doit jamais la souhaiter à personne, et Jésus-Christ, dont les préceptes immortels doivent servir de base à la conduite de tous les honnêtes gens, a dit, en parlant de la femme adultère : *Que celui qui n'a jamais péché lui jette la première pierre.*

Hors cette supposition, tout ce qui ne se rattache pas essentiellement à la forme dramatique et merveilleuse que nous avons adoptée, tous les événements énumérés dans ce poëme, sont historiques, et nous n'avons fait que mettre en vers ce que tous les journaux avaient dit avant et plus fortement que nous. Si ces événements sont graves et affligeants, la faute en est à l'histoire.

VILLÈLE AUX ENFERS.

ARGUMENT

DU CHANT PREMIER.

Songe de l'auteur. — Une ombre lui apparaît. — Il la suit.
— Buttes Saint-Chaumont. — Porte Saint-Denis. — Le
Louvre. — La Colonne. — Les Tuileries et le palais de
Rivoli. — Description de ce célèbre palais. — Villèle. — Ses
plaintes sur l'ingratitude dont il est payé par le peuple. — Sa
mort, et son départ pour les enfers.

VILLÈLE

AUX ENFERS.

POÈME.

CHANT PREMIER.

Apollon fatigué, sur son char de lumière,
Dans le vaste Océan achevait sa carrière,
Et la belle Téthys, fidèle à ses serments,
Allait lui prodiguer ses doux embrassements.
Jaloux de ce bonheur, suivant le même exemple,
Chacun, du vieux Morphée envahissant le temple,

Croyait au sein des bois, à la ville, aux hameaux,
Trouver de plus beaux jours et l'oubli de ses maux.
Le pâtre en s'endormant rêvait qu'à la prairie
Il effeuillait enfin une rose chérie;
Le bon cultivateur voyait en ses guérets
Et le pampre et l'épi remplacer les cyprès;
Le ministre, du peuple oubliait le murmure;
Le soldat citoyen retrouvait son armure [1];
Apostat de Jésus, le banquier de vingt rois,
Croyait voir dans la fange encor traîner la croix [2];
Montrouge et Saint-Acheul voyaient leur secte immonde
Envahir en rampant tous les sceptres du monde,
Et le prince, abusé par un songe trompeur,
Prenait pour du repos notre longue stupeur.

Enfin c'était l'instant où la troupe des songes
Abuse nos esprits par de riants mensonges.
Sur ma couche de paix j'oubliais l'avenir,
Et mon âme, insensible au cri du souvenir,
S'était abandonnée à la sage nature.
Mollement étendu sur un lit de verdure
Qu'avaient en se jouant dressé quelques amis,

Riant des nouveaux traits que m'aiguisait Thémis,

J'essayais, pour voler des faveurs à Lisette,

A tirer quelques sons de ma faible musette.

Mais, attendant la nuit, si propice à l'amour,

Je m'étais fatigué de la splendeur du jour;

Tout portait au repos ma tendresse endormie,

Et je fermai les yeux auprès de mon amie.

A peine sur mon être un sommeil bienfaisant

Avait-il étendu son voile séduisant,

Qu'une ombre qu'escortaient mille ombres plus légères

Vint broyer devant moi des couleurs mensongères.

« Rappelle à mon aspect ton courage abattu;

« Viens, dit-elle; suis-moi, je t'attends: l'oses-tu? »

J'obéis en tremblant. Du gentil Romainville

Je quitte les bosquets, et je vole à la ville.

Mais avant d'arriver à ces riches canaux,

Aliment de nos ports et de nos arsenaux,

Je m'incline à l'aspect de la montagne illustre

Où l'on vit se couvrir jadis d'un nouveau lustre

Cette noble jeunesse, espoir de nos vieux jours,

Et qu'un fils d'Escobar calomnia toujours.

Là son sang a coulé : c'était pour la patrie.

On put la foudroyer, on ne l'a point flétrie ;

Et lorsqu'elle tomba sous le bronze assassin,

Du moins aucun Français ne lui perça le sein [3].

Je poursuis, et j'atteins cette porte immortelle

Que décora jadis un nouveau Praxitèle,

Pour immortaliser un monarque oppresseur,

Qui du sang protestant gorgea son confesseur [4].

Je détourne les yeux, et plus loin je découvre

Ce monument sans fin, ce moderne et vieux Louvre,

Dont les murs, tour à tour d'L et d'N incrustés,

Furent depuis trente ans trente fois regrattés.

Je salue en passant ces nobles Tuileries,

Dont l'écho tinte encor des paroles chéries

Qu'adressèrent jadis à leur peuple attendri

Les plus grands de nos rois, Louis douze et Henri.

J'aperçois ce trophée unique dans l'histoire [5],

Qui, pour voler aux cieux, ressaisir la victoire,

Paraît se détacher de sa base d'airain.

Je vois l'altier regard de l'oiseau souverain :

Il n'a point désappris à tout réduire en poudre,

Et semble prêt encore à relancer la foudre.

De nobles souvenirs mon cœur était rempli,
Quand soudain j'aperçois le palais Rivoli!

De choses et de mots quel bizarre assemblage!
Quand du faible Romain le Franc soumit la plage,
Les champs de Rivoli virent nos vieux drapeaux
Effrayer de François les serviles troupeaux.
Pour transmettre à son tour ce haut fait à l'histoire,
On baptisa d'un nom qu'illustrait la victoire
La route qu'on ouvrit près du jardin des rois;
Et ce nom qui peignait notre gloire et nos droits,
Ce nom qui, reportant la France près du Tibre,
Faisait de notre cœur palpiter chaque fibre,
Ce nom désigne, hélas! le palais somptueux
Où dort insolemment ce visir fastueux
Qui permit qu'ajoutant aux malheurs de la Loire,
Déshéritant nos preux de vingt-cinq ans de gloire,
Un Germain arrachât de leurs blasons sacrés
Les titres que nos rois leur avaient conférés [6]!

J'étais à trente pas de sa porte massive,

Quand j'entends jargonner deux effrayants *Qui vive!*
Au troisième on fait feu...! Je sens battre mon cœur;
Je vais répondre enfin. Mais, d'un geste moqueur,
Mon compagnon arrête un *Ami!* sur ma bouche.
Ne crains pas, me dit-il, qu'aucune arme te touche.
A ces mots il me signe, et marmotte tout bas
Quelques mots de latin que je ne compris pas.
Dès lors invulnérable, en Achille moderne,
De nos Suisses-Français affrontant la giberne,
Je m'avance, j'arrive, et d'un pas affermi
Je m'élance à pieds joints sur le sol ennemi.

Oh! qui pourra jamais de cette riche *manse* (7)
Dépeindre la splendeur et la grandeur immense?
Ces milliers de salons, de boudoirs, de réduits,
Ces cours, ces corridors, ces couloirs, ces conduits,
Où de l'avide faim de nouveaux Minotaures
Jamais fil n'eût sauvé le vainqueur des Centaures.

Le muet compagnon qui, dans ces vastes cours,
Commandait à mes pas mille et mille détours,
Rompt enfin le silence, et sa voix lente et creuse

Dirige par ces mots ma course aventureuse :

Hâte-toi ; sur ces lieux ne jette qu'un coup d'œil.
Des portes de la mort si j'ai franchi le seuil,
Bien loin de te conduire à des plaisirs futiles,
J'ai su te réserver quelques leçons utiles.
Ne tâche pas, crois-moi, de glisser tes regards
Dans ces larges caveaux, sous ces vastes hangars.
Quand tu dénombrerais ces immenses marmites
Qui du moustier d'Issy gorgeront les ermites [8],
Quand tu regarderais ces énormes chaudrons,
Salaire journalier des ventrus escadrons,
Tu te souviendrais trop, en songeant aux tartufes,
Qu'ici la liberté se vend au poids des truffes.

Sur mille autres objets si tu portes les yeux,
Tes pensers deviendront encor plus soucieux :
C'est là qu'en souriant, l'infâme loterie,
De pleurs et de regrets tous les dix jours nourrie,
En fascinant ses yeux de perfides lueurs,
Extorque à l'indigent le fruit de ses sueurs.
C'est là qu'un coffre fort à quadruple serrure

2

Engloutit chaque jour dans sa large carrure
L'or qui sert à solder le vote des gourmets,
Et qu'aux budgets du peuple on n'aperçoit jamais.

Ainsi, tu le vois bien, de ce brillant asile
Tout cœur vraiment français se détourne ou s'exile.
Déserte donc ces lieux pour toi sans nul appas,
Sur un autre terrain viens diriger tes pas.
Il a dit. A l'instant, secondant mes démarches,
D'escaliers tortueux nous franchissons les marches.
Je vois de tous côtés des broches en faisceaux
Briller de mille feux sous ces riches arceaux,
Et le lièvre odorant, la tendre bécassine,
Y parfument les airs d'une odeur de cuisine.

Une porte à nos pas a fermé le chemin :
Mon conducteur l'entr'ouvre, et, me quittant la main,
Comme un léger brouillard que chasse le zéphyre,
Se perd dans les piliers de jaspe et de porphyre.
J'admirais la splendeur de ces riches lambris,
Dont un peuple peut seul calculer tout le prix,
Lorsqu'un profond soupir me fait tourner la tête;

Un autre lui succède. En tremblant je m'arrête....
Mais bientôt, plus hardi, retrouvant mon orgueil,
J'entr'ouvre encor la porte et j'en franchis le seuil.

Dans le fond d'un boudoir que l'Europe et l'Asie
Égalent au séjour où l'on boit l'ambroisie,
Sur un large sopha brillamment harnaché
Le prince des visirs est mollement couché.
Mais en vain, en bâillant, sa tête languissante
Implore du sommeil la douceur bienfaisante :
Le sort, pour nous venger, le condamne à gémir;
Prose, vers ou chansons, rien n'a pu l'endormir.
En vain il parcourut les rêves de Fiévée [9],
De maître de Massas la Lisbonne sauvée [10],
Les discours tortueux du célèbre Roger [11],
Les sermons de d'Hermès, les notices d'Auger [12],
De l'éternelle Gay les flonflons poétiques [13],
De messire Dudon les fugues politiques [14],
Les romans boursouflés de mons Abel Hugo [15],
L'histoire que, dit-on, vient de rater Pigault [16],
Des Viennet, des Nodier les œuvres romantiques [17],
Du pesant Draparnaud les drames pathétiques [18],

Les arguments diffus du bouillant Delalot [19],
Les couplets de Francis, les lettres d'Ancelot [20] ;
Rien, même un numéro de la Quotidienne,
N'a conduit monseigneur à sa méridienne.

Tout à coup il s'écrie : « Implacables ennuis,
Vous ne m'atteindrez plus jusques au sein des nuits !
J'entends de mes exploits tinter la dernière heure.
La gloire de mon nom exige que je meure.
O France, tu souris ! Ne crains plus mon réveil :
Je ne dois plus revoir se lever le soleil ;
Le temps vient d'arrêter ma course triomphante.
Entends ces cris de joie et que la haine enfante :
Ils t'annoncent ma fin. Que me reproches-tu ?
Long-temps contre mes vœux ton peuple a combattu.
Je cherchais son bonheur : il n'a pas su connaître
Le bien que je voulais, et le mal qu'il fit naître.
Mais je serai vengé : n'ai-je pas des amis ?
Ne sont-ils pas rampants, intrigants et soumis ?
Ils sauront ressaisir les clés du ministère,
Et leur main forcera les bouches à se taire ;
Dans mon palais en deuil ma suite restera.

En voyant son audace on me regrettera.

Penses-tu qu'un vieux chêne, en perdant son écorce,

Perde du même coup sa racine et sa force,

Et doive ainsi mourir? Non, tu te tromperais;

Contre mon portefeuille en vain tu frapperais;

Et si les quolibets que tant d'hommes injustes

Ont osé décocher contre mes lois augustes

N'eussent rempli mon cœur d'un trop pénible émoi,

Ta colère ou tes dards n'eussent rien pu sur moi.

« Mais quoi! d'un vagabond l'inconcevable audace [21]

Au sein de ma grandeur m'insulte, me menace!

Un Paulmier sans rougir veut m'imposer des lois,

Et croit par la terreur m'arracher des emplois.

Je voyais un poignard suspendu sur ma tête [22];

J'écarte à me frapper une main toute prête;

Dans les cours du palais j'agite le tocsin,

Au glaive de Thémis je livre un assassin.

Mes droits étaient prouvés; je pensais que le crime

Trouvait sur l'échafaud un trépas légitime;

Mais l'erreur m'égarait : on a su l'enhardir [23];

En frappant sa victime il pourra s'applaudir!

L'offensé perd ses droits dans le siècle où nous sommes,

Quand il a contre lui l'inimitié des hommes.

Un simple citoyen pourrait voir aujourd'hui

Les foudres de Thémis éclater devant lui ;

Mais devait-on salir les pages d'un registre ,

Pour y sceller ainsi la honte d'un ministre [24] !

« Dois-je de ma splendeur être fier ou rougir !

Jouet des courtisans que je voulais régir ,

Il m'a fallu , traînant mes superbes entraves ,

Être esclave du joug reçu par mes esclaves.

O vous qui tant de fois enviâtes mon rang ,

Que vous connaissiez peu les tristes nuits d'un grand !

Ah ! si de mes lambris les échos pouvaient dire

Que de fois des mortels, toujours prompts à maudire,

Les injustes clameurs ont causé mon effroi !

Que de fois au palais un sinistre beffroi

Vint me pronostiquer une chute prochaine !

Combien de fois la pourpre a terni sous la chaîne !

Dans ces brillants repas qu'à mes flatteurs j'offrais,

Où je devais sourire à ceux que j'abhorrais,

Que de cruels soucis, me rongeant en silence ,

Rachetaient de mon front la pénible insolence !

Eh bien ! de mes labeurs quels ont été les fruits ?

Des troubles pour le monde et pour moi des ennuis..!

Heureux si, pour tout prix, mon siècle, tu m'égales

Aux rois dont j'imitai les pompes théâtrales,

Et si je ne me perds sous tous les monuments

Des princes qu'ont vantés l'histoire ou les romans.

En ai-je fait assez pour éclipser leur gloire ?

Verrai-je resplendir ou périr ma mémoire ?... »

. . . .

Ce funeste penser, lui dévoilant son sort,

Avait de la nature épuisé le ressort.

Dans ses yeux abattus je vis briller des larmes...

« Maîtrisons, se dit-il, de si lâches alarmes ;

Sachons paraître grand, même dans les revers ;

Par un trait de courage étonnons l'univers !

Ma mort serait, dit-on, nécessaire à la France [25] :

De son peuple mutin rallumons l'espérance.

Les dieux ont mis un terme à mes nobles travaux ;

J'abandonne le sceptre à mes nombreux rivaux.

De mille ambitieux la cohorte jalouse

Voudrait me replonger dans les murs de Toulouse.

Je brave leurs efforts : au-delà du trépas

Ils peuvent me haïr ; ils ne m'atteindront pas.

Souffrirai-je à mes yeux qu'un autre me remplace?

Non, ce n'est qu'en mourant qu'il faut céder la place.

Mais pourquoi murmurer quelques heures de plus?

Abrégeons fièrement des instants superflus.

Jamais devant la tombe un ministre ne bouge.

Noble instrument de mort que je tiens de Mont-Rouge [26],

Tu vas donc me servir! Mon bras mal assuré

Se ranime à ta vue et se croit inspiré.

C'en est fait... »

   Et soudain l'âme de l'excellence

Vers les rives du Styx tranquillement s'élance [27].

FIN DU PREMIER CHANT.

ARGUMENT

DU CHANT SECOND.

Arrivée de Villèle aux enfers. — Sa conversation avec Caron.
— Mauvais accueil que lui font les rentiers. — L'un d'entre
eux lui sert de conducteur. — Il est témoin des souffrances
des ministres injustes, traîtres ou prévaricateurs. — Il visite
les Champs-Élysées. — Sa conversation avec Napoléon et
Louis XVIII. — Paroles que Sully lui adresse.

CHANT SECOND.

Sur un fleuve bourbeux entouré de rochers
L'ex-ministre aperçoit le premier des nochers.
Il se trouble, il chancelle, il frémit à sa vue;
Son cœur est pénétré d'une crainte imprévue.
Rien ne pourra fléchir le cruel nautonnier;
Pour entrer dans la barque il lui faut un denier :
Et Villèle, en quittant une vie importune,
A méprisé les dons de l'aveugle fortune.
Ennemi des rentiers, eût-il jamais voulu
Emporter avec lui leur humble superflu!
Non; mais lui faudra-t-il sur l'infernal rivage
Traîner pendant cent ans un honteux esclavage....?
Aux pieds du vieux Caron ira-t-il supplier?

Sans doute : un courtisan a toujours su plier.

Il s'approche, et lui dit : «Vieillard, toi qui gouvernes

« Sur les bords écumeux de ces noires cavernes,

« Toi qui vois du même œil dans tes vastes états

« Arriver tour à tour bergers et potentats,

« Souffre qu'à tes genoux arrosés de mes larmes

« J'implore ici la fin de mes justes alarmes.

« Je viens du grand Pluton embrasser les autels.... »

« — Garde ce ton flatteur pour de lâches mortels,

« Dit le fils de la Nuit. La foudre est préparée :

« Elle peut en ces lieux signaler ton entrée.

« Ce langage convient à des rois insensés ;

« Souviens-toi que les dieux en seraient offensés.

« Tu n'es plus à ces temps où des milliers d'esclaves

« T'encensaient chaque soir en tes friands conclaves ;

« On ne va plus chanter aux portes des moustiers

« L'hymne que fit pour toi le castillan Moustiers [1].

« Amphion-Martignac, en son brûlant délire,

« Fait pour ton successeur vibrer sa noble lyre [2] ;

« Et déjà les soutiens de tes gothiques lois

« Retournent leurs habits pour la vingtième fois.

« Ainsi, garde-toi bien de tous gestes serviles ;

« Laisse là ces grands mots et ces phrases civiles

« Qui surent trop long-temps sous tes riches arceaux

« Pousser dans tes filets les gourmands et les sots.

« Viens, petit fondateur de vastes séminaires,

« Célèbre homme d'état aux talents culinaires ;

« Viens dans ce noir séjour demander à Minos

« S'il juge d'un ministre au feu de ses fourneaux.

« Je sais que dans ta poche, où coula le Pactole,

« Ta grandeur oublia de mettre la pistole :

« Je sais que tu n'as pas le modeste denier,

« Immuable tribut du pauvre nautonier.

« Mais le Tartare en feu me demande sa proie,

« Et je prétends combler son infernale joie :

« Viens. » Il dit, et sa main, saisissant l'aviron,

Fend à longs traits les flots de l'avare Achéron.

Sur la rive opposée, une troupe sans nombre

De l'aimable excellence avait attendu l'ombre.

Mille cris, à sa vue, étourdissant les airs,

Sont répétés au loin par les antres déserts.

Villèle épouvanté scrute chaque figure ;

Il craint d'y découvrir quelque sinistre augure.

Du palais de Minos il cherche le chemin,

Et pour l'aider chacun lui refuse la main.

« Eh quoi! s'écria-t-il, est-ce ainsi qu'on accueille

« L'homme déshérité d'un brillant portefeuille !

« Adopte-t-on ici les us républicains

« Dont on fatigua trop les bords américains ;

« Et n'a-t-on nul égard pour le ministre, l'homme

« Que gorgea de faveurs un roi, la France, Rome !

« Que n'ai-je auprès de moi ces nobles bataillons

« Dont Rotschild en manteaux changea les vieux haillons ;

« Ces soudards espagnols qui, dans six mois de guerre !

« Ont pris vingt fois Mina, qui ne s'en doutait guère ;

« Alors je planterais sur ce bord indompté,

« Avec mon trois pour cent, ma septennalité. »

. . . .

. . . .

Mais le croassement des lugubres corbeaux,

Et le cri prolongé de l'oiseau des tombeaux,
Semblaient en augmentant insulter à sa plainte.

Tous les rentiers en chœur entonnaient sa complainte.
Une lumière s'offre à ses regards tremblants :
Serait-ce enfin le but de ses pas chancelants ?
Il s'avance : ô terreur, contre lui tout conspire !
Les sombres desservants du ténébreux empire
Viennent de toutes parts ; et, malgré ses efforts,
Comme c'est en tous lieux que règnent les plus forts,
Chacun de son côté l'entraîne, le tiraille.
C'est en vain qu'il implore : on s'écrie, on le raille ;
L'un hurle devant lui tous les mots qu'autrefois
Il dit à la tribune en faveur de nos droits ;
L'autre, pour exciter des clameurs plus aiguës,
Frappe de coups légers ses jambes exiguës
Avec le même fouet qui jadis chez Panon [3]
Donna tant de splendeur et d'éclat à son nom ;
Celui-ci parodie un vers de l'Iliade;
Celui-là braille un chant de la Villéliade.....
Sa grandeur, en tremblant, tâche de s'éclipser :
On la prend au collet, on la force à danser ;

Et chacun à l'envi s'écriait de plus belle :
Vive, vive à jamais monseigneur de Villèle !
Mais un rentier soudain vient arrêter ce bruit.

« De mon rang, lui dit-il, vous allez être instruit.
« Apprenez qu'en ces lieux je veille avec Cerbère.
« Tandis que Minos dort, c'est moi qui délibère
« Si les nouveaux venus attendront son loisir
« Dans un lieu de remords ou dans ceux du plaisir.
« Je pourrais contre vous exercer ma vengeance ;
« Mais je veux à vos yeux montrer plus d'indulgence.
« Venez, suivez mes pas, et vous allez savoir
« Comment pour vous punir j'emploîrai mon pouvoir.

« On voit, non loin d'ici, parmi ces rocs funèbres
« Que la nuit a couverts d'éternelles ténèbres,
« Le séjour que les dieux réservent aux méchants.
« Eh quoi! vous frémissez! Entendez-vous ces chants
« Qui se mêlent aux cris des nombreuses victimes
« Que l'enfer va frapper? Leurs maux sont légitimes:
« Elles ont trop long-temps défié les destins.
« Les dieux sur le passé ne sont point incertains.

« Ils sont lents à punir, mais enfin ils punissent.

« Lorsque d'un sceptre d'or les brillants se ternissent,

« Ce n'est plus qu'un fardeau : sur la tête des rois

« Ils en laissent ici retomber tout le poids.

« Mais ne craignez en rien leur sévère justice :

« Vous n'avez pas régné. Sur un trône factice,

« Peut-être avez-vous pu, levant un front altier,

« De l'univers surpris vous croire le premier.

« Pourtant quelle que soit l'erreur qu'on vous reproche,

« Craignez de l'expier ; l'heure fatale approche.

« Venez : si votre cœur est coupable, à l'instant

« Vous serez le témoin du sort qui vous attend. »

A ces mots, le Tartare a tremblé sur sa base.

Dans ses longs souterrains qu'un feu cruel embrase

Je vois en frémissant entrer nos voyageurs.

Tisiphone aussitôt suspend ses coups vengeurs.

« Que viens-tu donc chercher, audacieux ministre?

« S'écria-t-elle alors. Ton avenir sinistre

« Te fut-il révélé? Viendrais-tu donc t'offrir

3

« Aux regards des souffrants pour apprendre à souffrir ?

« Non : je te connais trop. L'heure n'est pas sonnée

« Où tu dois dans mes yeux lire ta destinée.

« Ton supplice est tout prêt, si tu l'as mérité.

« Des siècles de tourments ou la félicité,

« Voilà ce qu'aux mortels nos justes dieux réservent.

« Jamais de leur courroux les larmes ne préservent.

« Semblables à ces cours, orgueil du nom français,

« Qui de vos factions arrêtent les excès,

« Dédaignant les honneurs, affrontant les sévices,

« Ils rendent des arrêts, et non pas des services. »

A ces mots, Robespierre et le cruel Danton
Ebranlent par leurs cris l'empire de Pluton.
Delabrosse, Olivier, le factieux Balue (4)
Exhalent leur fureur; mais elle est superflue.
Concini, Guette, Ebroin, au milieu des tourments (5),
Sont contraints d'expier l'oubli de leurs serments.

Du nouveau spectateur l'épouvante est visible :
Au sort que l'on redoute on est toujours sensible !
Il s'écrie; et, fuyant loin de ces lieux d'horreur,

Il va dans l'Elysée oublier sa terreur.

C'est là que les bons rois de nouvelles délices

Epuisent chaque jour les séduisants calices;

C'est là que le méchant n'est jamais descendu,

Et que Villèle enfin n'était point attendu !

Sur un fils de Bellone il a porté la vue;

Et comme de grands mots sa mémoire est pourvue,

Il s'agenouille et dit : « Mes vœux sont exaucés,

« Mars habite ces lieux, je le vois : c'est assez.

    « Salut à la vaillance !

« L'hydre des factions envahissait la France,

    « Mille échafauds allaient être dressés,

« Lorsqu'un jeune guerrier, enivré d'espérance,

    « Donna l'essor à ses vœux empressés.

    « Son œil hardi vit briller la couronne.

« Il saisit une épée; et, franchissant les mers :

« Pénible oisiveté, dit-il, je t'abandonne ;

« Je vais loin de tes bras étonner l'univers. »

« Et du pas des vainqueurs il monta sur le trône.

3.

« Ah ! devait-il s'attendre à de cruels revers,

« Celui qui signala son audace profonde

    « Du septentrion au midi,

      « Et qui, maître du monde,

    « Pour vaincre encor l'eût aggrandi !

« Il n'est plus ! des rochers ont vu ses funérailles !

« Relevez, ennemis, vos antiques murailles :

« Sa valeur n'ira pas demain vous accabler.

« Mais la gloire en tous lieux aime à le rappeler.

   « Quand vous parlez de vos vieilles batailles,

    « Son nom vous fait encor trembler. »

J'avais, à ce discours, cru que son excellence

Contre la royauté voulait briser sa lance ;

Mais, changeant le sujet de son couplet flatteur,

Elle s'avance et dit : « Salut au noble auteur

    « De la gloire de ma patrie !

    « Salut au grand législateur

« Qui nous donna la charte aujourd'hui tant chérie.

« O mon roi ! de Clio l'impartial burin

« Vient de graver ton nom sur des tables d'airain ;

« Les siècles à venir célébreront ta gloire.

« Tu n'as pas fait briller sur un char de victoire

« De ton œil orgueilleux le regard menaçant ;

« Mais si pour toi d'un preux la vie était sacrée ,

« Sur ta cendre endormie une mère éplorée

   « N'ira jamais redemander son sang.

« On ne flétrira pas les pages de l'histoire

« Qui doit de tes vertus transmettre la mémoire.

« Pour te faire haïr tout serait impuissant. »

Bien loin d'en rester là, peut-être que Villèle

Apprêtait pour un autre une phrase nouvelle,

Lorsqu'il découvre, auprès du malheureux Lally [6],

Henri Quatre embrassant son fidèle Sully.

« Vois, lui dit ce dernier, quel délire est le nôtre !

Exempts de tous regrets, nous vivons l'un pour l'autre ;

De cruels souvenirs ne troublent point nos jours ;

Nous goûtons un bonheur qui doit durer toujours ;

Nous sommes plus qu'heureux. Dans ces douces demeures,

Les siècles devant nous passent comme des heures.

Mon roi, mon digne roi me presse dans ses bras.

Ceux qu'on a bien servis ne sont jamais ingrats !

Charles règne aujourd'hui : toi seul as pu connaître

L'amitié que sur terre en son cœur tu fis naître ;

Mais la parque, à son tour, peut le frapper demain.

Puisse-t-il en ces lieux te tendre encor la main ! ! ! »

FIN DU CHANT SECOND.

ARGUMENT

DU CHANT TROISIÈME.

Le soir vient. — On joue la comédie dans les enfers. — Description du théâtre et des spectateurs. — Congrès de Vérone. — L'Espagne. — Saint-Domingue. — Colombie. — Russie. — Pays-Bas. — Turquie. — Autriche. — Suède. — France. — Ministère. — Fin de la pièce. — M. Villèle est endormi.

CHANT TROISIÈME.

Diane, en s'échappant des gorges des montagnes,
Déjà de ses rayons argente les campagnes,
Quand soudain aux enfers brillent mille clartés.
On se presse, on se heurte, on court de tous côtés.
Villèle s'en étonne, et sa main chancelante
Dans celle du rentier devient froide et tremblante.
« Apaise ta frayeur, marche et ne tremble pas, »
Lui dit alors son guide, accélérant le pas.
« Ce soir, les immortels, sans trouble et sans obstacle,
« Vont se livrer gaîment aux plaisirs du spectacle ;
« Et puisque ton destin n'est pas encor fixé,
« Au milieu des élus tu peux être placé.
« Viens, je vais te conduire. » Il a dit, et l'entraîne.

Ils arrivent bientôt dans une vaste arène
Où les dieux, éclipsant les Pigal, les Mansard,
Ont ployé la nature aux prestiges de l'art.

« Ici, lorsque l'on veut de couleurs énergiques
« Animer des tableaux comiques ou tragiques,
« Ajoute le rentier, on ne se soumet plus
« Aux règles qu'Aristote impose à ses élus :
« Un désordre piquant dans nos scènes abonde,
« Et de nos grands auteurs la muse vagabonde
« Nous offre tour à tour, et lambeau par lambeau,
« Le berceau d'un mortel, sa vie et son tombeau ! »

L'orchestre, en préludant par une barcarole,
Soudain au babillard vient couper la parole ;
Et Villèle, à son tour devenant attentif,
Sur tous les spectateurs jette un coup d'œil furtif.

Que de noms glorieux brillent en cette enceinte !
Les champs élyséens semblent une arche sainte,
Qui des siècles passés a réuni la fleur.
Le sceptre y tend la main aux arts, à la valeur ;

Les Solon, les Bayard, les Codrus, les Aurèle,
Paraissent tour à tour aux regards de Villèle.
Mais il sent tout à coup redoubler son émoi :
Ses yeux se sont portés sur le vertueux Foy....,
Ce héros qui pour nous passait, sans nulle trève,
Et du glaive à la plume et de la plume au glaive ;
Sur Camille Jordan, ce tribun respecté,
Qui de plus d'un écueil sauva la liberté ;
Sur la Rochefoucault, ce vieillard vénérable,
Dont les restes sacrés, en un jour déplorable,
Aux portes d'un saint lieu, sous l'empire des lis,
Ont été profanés, mais non pas avilis.
Sur le fier Beauharnais, dont la noble souffrance
Trahit encor les pleurs qu'il versa pour la France ;
Sur Talma, qui d'un œil plus brillant qu'abattu
Semble au fils de Panon redire, *Qu'en dis-tu ?*
Masséna, Kellermann, Valmy, s'offrent encore
A l'illustre visir : l'éclat qui les décore
Efface du défunt le vêtement brodé,
Et Villèle auprès d'eux paraît plat et guindé.

C'en était beaucoup trop aux yeux d'une excellence

N'ayant souffert jamais que sa propre insolence,

Et ne pouvant lever sur ces grands immortels

Des licteurs de Foucault les sabres paternels.

L'ex-ministre plus loin porte sa vue étique,

Et sur un transparent lit ce titre emphatique :

    « La lumière et les éteignoirs,

  Drame historique avec ballet de noirs,

   Embrasements et machine de guerre,

Combats de Bolivar et décors de Daguerre,

    Mise en scène de Franconi,

Costumes que Talma fit adopter naguère,

    Et musique de Rossini. »

Sur un large rideau, d'une couleur d'albâtre,

On aperçoit encor, sous la couche blanchâtre,

La trace de ces mots barbouillés par Plutus :

Mundus vult decepi, mundus sit deceptus [1].

Les siècles ont marché : maintenant sur la toile

L'or, le pourpre et l'azur composent une étoile,

Et ce vers sur son disque en exergue est jeté :

Ma lumière conduit droit à la liberté.

Le spectacle commence au congrès de Vérone.

Trois hommes affublés d'une vieille couronne
Cherchent à rattraper un sceptre de grand prix,
Que depuis dix-huit mois Bolivar leur a pris.
Ombres, inclinez-vous ! c'est la sainte alliance !
Gothique épouvantail, sans force et sans vaillance,
Qui voulut, mais en vain, nous arracher nos droits,
En débordant sur nous un escadron de rois ;
Projectile innocent que, pour tuer Voltaire,
La féodalité revomit sur la terre ;
Qui crut par les cachots enchaîner notre essor,
Qui chercha par le bronze à mitrailler le sort,
Et qui, par le seul fait du trépas d'Alexandre,
S'écroula de lui même et fut réduit en cendre.

Tandis que ces pachas baîllent à qui mieux mieux,
Survient, clopin clopant, Metternich furieux :
« Laissez , dit-il, laissez s'insurger l'Amérique.
« Un volcan fend le sein de l'empire ibérique.
« Ces peuples qui , jadis par les Francs envahis ,
« Ont, en loyaux sujets, pour sauver leur pays,
« Réduit presqu'à zéro leurs brillants patrimoines,
« Veulent manger le reste à la barbe des moines ;

« Ils prétendent qu'un roi ne doit pas sans raisons

« De ses meilleurs amis encombrer les prisons;

« Et pour mettre le comble à leur humeur vandale,

« Ils disent qu'un soulier vaut bien une sandale! [2]

« Tel discours en Espagne est un mortel péché :

« Le bon vieux Saint-Office en fut plus que fâché.

« Le goupillon en main, ses membres tutélaires

« Fourraient tant qu'ils pouvaient l'Espagnol aux galères,

« Quand un chef, qui jadis brava Napoléon,

« Fomente une révolte en l'île de Léon ;

« Le mot de liberté vole de ville en ville,

« De Tolède à Burgos, de Burgos à Séville....

« Madrid lui-même, hélas! Madrid est infecté,

« Et l'écho d'Alcazar a redit : Liberté!

« Pour la première fois montrons de la vaillance.

« Si le peuple voit clair, plus de sainte alliance!

« Rendons à l'Espagnol ses agnus, ses haillons,

« Ses pères de Jésus, ses fers et ses bâillons.

« Mais comme bien souvent nos hordes bâtonnées

« Furent dans les combats trop tôt désarçonnées,

« Opposons les Français aux *négros* déconfits [3].

« Lutèce aura les coups ; nous aurons les profits ! »

Il a dit ; et soudain la gothique assemblée

Rentre dans ses castels , de fatigue accablée ,

Tandis qu'en son palais le proconsul germain

Ecrivait le mot d'ordre au faubourg Saint-Germain.

Pour fasciner les yeux de la France alarmée ,

En cordon sanitaire on déguise l'armée ;

On la baptise après corps d'observation ,

Puis le glaive est tiré !......

                    Contre la faction

Qui compte dans son sein les trois quarts de l'Espagne

Nous ferraillons gaîment pendant une campagne.

L'Ibère délivré se jette à nos genoux ;

Les remparts de Cadix s'écroulent devant nous :

L'Espagnol va jouir !...

                    C'est vainement qu'un lustre

A laissé loin de lui cette conquête illustre :

Le poignard et le feu, le glaive et le poison,

De l'antique Ibérie embrasent l'horizon.

Dès lors plus de pitié : les discordes civiles
Déchirent à la fois les hameaux et les villes;
En s'abreuvant de pleurs, la sombre Némésis
Surcharge de bandeaux le bandeau de Thémis,
« Et sur les corps pressés d'une foule mourante
« Lève de jour en jour sa tête dévorante. »[*]

Saint-Domingue soudain ouvre ses vastes ports,
Et l'on voit de ses fils éclater les transports.
Pourquoi fit-on si tard, en brisant leurs entraves,
Un peuple d'alliés d'une horde d'esclaves!...

N'a-t-on pas vu chez eux, ainsi que chez les blancs,
Resplendir la vertu, la grandeur, les talents?
N'a-t-on pas vu l'un d'eux, sur sa muse légère,
Célébrant des plaisirs la troupe mensongère,
Franchir d'un pas hardi, jusqu'au sacré vallon,
Les sentiers parcourus par les fils d'Apollon.
D'autres n'ont-ils pas su, dans leur noble délire,
Quittant pour les pinceaux et la harpe et la lyre,

[*] Délille, *Géorgiques de Virgile.*

Atteindre maintes fois, en leur vol immortel,
Michel-Ange, Rembrandt, Le Guide et Raphaël [4]?

Un autre, émule heureux du divin Hippocrate,
Triompher des efforts d'une nature ingrate,
Et, le scalpel en main, interrogeant les corps,
Au salut des vivants faire servir les morts [5]?

Un autre, détrompé sur ses fausses idoles,
Commenter de Jésus les célestes paroles,
Combattre, repousser de savantes erreurs,
Du sombre fanatisme improuver les fureurs,
Et, ne se plaignant point des peuples en démence,
D'un Dieu qui l'opprimait proclamer la clémence [6]?

Sous un joug inhumain si l'Africain brisé
Par les bienfaits du temps était civilisé,
Et si de justes lois, détrônant l'ignorance,
Sur ses bords désolés enfantaient l'espérance,
Peut-être on le verrait, par des succès divers,
Un jour, ainsi que nous, étonner l'univers.
N'était-ce pas un noir, ce soldat intrépide

4

Qui, joignant les talents au courage d'Alcide,

Conquit au champ d'honneur des titres, des succès

Que jamais nul des siens n'obtint chez les Français;

Qui, voyant ses guerriers, au milieu de l'orage,

Tremblants et prêts à fuir à l'aspect du carnage,

Leur criait avec force en détournant leurs pas :

Arrêtez : de Henri sont-ce là les soldats [7]?

N'était-ce pas un noir, ce nouvel Alexandre

Qui, brûlant du désir de dérober sa cendre

A l'oubli des mortels, égala tant de fois

De nos républicains la force et les exploits;

Qui franchit avec eux ces Alpes redoutables,

Pour le seul Annibal jusqu'alors praticables,

Et, jusqu'aux plus hauts faits parvenu dans son vol,

Obtint le noble nom de Coclès du Tyrol [8]?

N'était-ce pas un noir, ce Toussaint L'Ouverture,

Ce fils d'un sol ingrat, d'un sol que la nature,

Voulant y rappeler les plaisirs et les fleurs,

Arrosa vainement et de sang et de pleurs?

Son âme, d'une trempe et forte et peu commune,

Affronta le malheur et dompta la fortune.
Quel que fut le parti qui lui donna la mort,
Ce brave en expirant ignorait le remord.

Ici l'action marche et devient plus rapide.
Bolivar apparaît : son courage intrépide ,
Narguant les alliés, qui bâillent aux congrès,
Assure à son pays d'immuables progrès ;
Et les nobles enfants de la jeune Amérique
Partout foulaient aux pieds la puissance ibérique,
Quand les rois de l'Europe étaient à défalquer
Le nombre des héros qu'ils feraient embarquer.
Plus loin, mais sans quitter la rive américaine,
Volant de mers en mers, l'aigle républicaine
Déroule les exploits du noble Washington
Sous le nez des guerriers que conduit Wellington.
Des peuples ignorants que la gloire importune
Repoussent du Texas l'honneur et l'infortune [10] ;
Mais, l'œil sec et serein, ces illustres soldats
Partent, et vont dormir où dort Léonidas.

Là, brûlant les liens d'un peuple tributaire ,

Une lave enflammée a dévoré la terre.
En vain de flots de sang s'y gorgent des bourreaux:
Là le sang des martyrs engendre des héros.

La scène change encor. De ces plaines sinistres
Les yeux sont transportés chez un de nos ministres.
Couché nochalamment sur un large sopha,
Il rêve aux libertés que sa main étouffa,
Quand un ami d'Eynard entre chez l'excellence,
Et, sans s'inquiéter du regard d'insolence
Que monseigneur daigna lancer à son aspect,
Lui décline ces mots avec un feint respect :
« La Grèce vous demande un navire et des armes.
« — Ah! qu'à la délivrer j'eusse trouvé de charmes,
« Lui répond le visir; mais je crains le rejet
« De l'emploi de ces fonds porté sur le budget.
« Quoique notre splendeur soit des mieux avérées,
« Nos ressources du jour se trouvent obérées,
« Et les derniers vaisseaux qu'à Marseille on lâcha
« Ont chargé des poignards pour Ibrahim-Pacha! »

Ici, des faits nouveaux se presse la série.

Tandis qu'en nos foyers une charte chérie

Reçoit de nos Solons quelques coups de canif ;

Qu'à la table des rois on fait asseoir un juif ;

Qu'un Maure audacieux en sa folle insolence

Veut des fils de Louis braver encor la lance ;

Que le peuple français, par Montrouge stylé,

Laisse baisser la rente et fait le jubilé,

Pedro vient d'affranchir l'empire de Pélage ;

La liberté nous quitte, et vole sur sa plage.

Alexandre périt d'un abcès au gosier.

On s'arrache partout l'écrit de Montlosier.

Le roi des Pays-Bas ressuscite Henri Quatre ⁽¹¹⁾.

Fernand avec Chavès parle d'aller combattre.

D'un sommeil de dix ans s'éveillant tout à coup,

A ses meilleurs soldats Mahmoud coupe le cou.

Wilhelm, de son devoir quand son peuple s'écarte,

Sans la donner jamais, promet toujours la charte.

Bernadotte, adoré de ses nouveaux sujets,

Arrondit ses trésors sans grossir ses budgets.

Le général Fortis, pour tripler ses armées,

Enrôle tour à tour et géants et pygmées ⁽¹²⁾.

François s'éveille et dort, toujours *in statu quo.*

On passe dans Paris du sermon à Jocko.

George chasse, content d'avoir pour l'Angleterre

Rencontré par hasard un fort bon ministère.

Constantin se démet de son sceptre éclatant.

Ibrahim applaudit, mais n'en fait pas autant.

Et tandis que Canning, en politique habile,

Laissant les féodaux évaporer leur bile,

Oppose au continent les peuples d'Outremer,

Chabrol veut à Paris faire arriver la mer;

Trébuquet le matin s'administre un clystère;

Guyon de ville en ville incendie un Voltaire;

Franchet à tout flétrir instruit ses escargots;

Montrouge et Saint-Acheul entassent les fagots;

Tonnerre aux feux bourgeois se chauffe et s'acoquine;

Peyronnet espadonne, et Corbière bouquine.

Mais soudain quels accents frappent l'écho des cieux?

La gaîté, le bonheur, brillent dans tous les yeux;

Je vois jaillir partout des roses qu'on effeuille.

Villèle a-t-il enfin lâché son portefeuille?

Oui! Le monde respire. Avec le visirat

S'éclipsent les héros du vieux septemvirat;

Les gothiques abus retournent en Autriche,
Notre patrie en pleurs redevient grande et riche ;
Le trident, que Chabrol prenait pour un bâton,
Fait trembler de nouveau l'empire du Breton ;
Jésuite, capucin, bernardin, bernardine,
Retrousse sa jaquette et file à la sourdine ;
Un préfet du soldat ne fait plus un bourreau ;
Du gendarme le fer se rouille en son fourreau :
Le Français, échappant à sa longue indolence,
De l'univers dompté ressaisit la balance ;
La lumière partout chasse les éteignoirs,
Et la pièce finit par le ballet de noirs.

Quoique ce dénoûment, emprunté de l'histoire,
Eût doucement flatté l'infernal auditoire,
Peut-être que Villèle aurait à ce moment
Lâché quelques sifflets.... Mais fort heureusement,
Dans la scène où le czar périt près du Caucase,
L'excellence, à Bourbon croyant revoir sa case,
Avait tout oublié, rois, Bourse, Rivoli ;
Et s'était endormie aux chants du Bengali [13].

FIN DU TROISIÈME CHANT.

ARGUMENT

DU CHANT QUATRIÈME.

Minos se réveille. — Il assemble sa cour. — Villèle paraît à ce tribunal. — L'excellence déroule le tableau de ses hauts faits devant son juge. — Minos lui fait envisager cette histoire sous un autre point de vue. — L'ex-ministre propose à son juge l'emploi de ses talents. — Celui-ci les refuse, et commande un dîner somptueux. — Villèle va se mettre à table, quand Minos le lui défend, et le condamne à ne manger que trois fois sur cinq.

CHANT QUATRIÈME.

Sur un frêle vaisseau, battu par la tempête,
Le matelot tremblant inclinera sa tête.
La mort est devant lui. Mais, touche-t-il au port,
Dans ses regards joyeux éclate un doux transport;
Avec le dieu des mers il se réconcilie;
Les dangers sont passés, la crainte l'humilie;
Des maux qu'il a soufferts il perd le souvenir,
Et méprise gaîment les coups de l'avenir.

Voyez sur le gazon cette jeune bergère
Dresser en folâtrant un trône de fougère :
Elle espère, tranquille, y reposer long-temps;

Ce travail lui promet les plus heureux instants.

Mais Cupidon la guette, et sa main vigilante

Lui décoche dans l'ombre une flèche brûlante.

L'innocence vaincue a frémi de désir ;

Elle épuise soudain la coupe du plaisir ;

Sa belle âme en ce jour éprouve mille charmes.....

Mais demain ses beaux yeux répandront mille larmes.

C'est ainsi que Villèle, enivré du présent,

S'abandonne aux douceurs d'un songe bienfaisant.

Dans les champs du repos à ses vœux tout conspire ;

Il savoure à longs traits l'air que l'on y respire ;

Du bonheur qu'il éprouve il semble anéanti.

Le chant du rossignol a déjà retenti :

Déjà brille des dieux la plus belle merveille ;

L'enfer est en émeute, et Minos se réveille.

Il apprend qu'un Français, de rubans chamarré,

Inquiet de son sort et d'ennuis dévoré,

Erre dans l'Élysée, impatient d'entendre

A quels destins futurs il a droit de prétendre.

Qu'il vienne, dit Minos ; et dans le noir séjour

Pour juger le visir il assemble sa cour.

Mais au sein des enfers un murmure circule.

« A quoi bon déployer un faste ridicule? »

D'un accent plein d'émoi disent de toutes parts

Mille diables obscurs dans les groupes épars.

« Veut-on fouler ici la loi démocratique,

« Pour y substituer l'us aristocratique?

« Veut-on nous ramener à des temps visigoths?

« Les sujets de Pluton ne sont-ils plus égaux?

« Qu'importe que sur terre un brillant apanage

« Ait rehaussé le front d'un petit personnage;

« Que l'on ait endossé les haillons d'un goujat,

« La pourpre d'un ministre ou le frac d'un soldat;

« Et que, prince ou laquais, acteur ou saltimbanque,

« Comptant, soit par deniers, soit par billets de banque,

« Un public inconstant, servile ou raisonneur,

« Ait daigné vous nommer canaille ou monseigneur!

« Ici, des parchemins l'amour nous semble ignoble;

« Le vice est roturier, la vertu seule est noble;

« Et Jupin, s'il l'eût su, n'aurait jamais souffert

« Qu'on eût pour un mortel remué tout l'enfer...... »

Peut-être qu'à l'instant la troupe délinquante

Allait pousser plus loin son antienne piquante.

Mais soudain le tamtam retentit dans les airs :

Des diables libéraux les cercles sont déserts,

Et ces fiers champions, cachant leur insolence,

Vont aux pieds du pouvoir s'incliner en silence.

Alors on aperçoit le digne trois-pour-cent.

Chacun le reconnaît à son pénible accent.

La crainte est dans ses yeux, et son noble visage

Paraît être frappé d'un sinistre présage.

Il aborde son juge, et d'un ton solennel

C'est ainsi qu'il défend son péril personnel :

« Les bords de la Garonne ont vu mon origine.

« J'en suis plus orgueilleux qu'on ne se l'imagine :

« C'est à ce beau pays que j'ai dû mon bonheur ;

« C'est là que j'ai trouvé le chemin de l'honneur.

« Dans ces temps orageux où la fière Bellone

« Allait à prix de sang élever la colonne,

« Tranquille au sein des mers, en prenant mes ébats [1]

« Je bravais sans danger le destin des combats ;

« La déesse aux cent voix, l'auguste Renommée,

« M'apprenait les succès de notre vieille armée.

« Mais je sus que nos preux, vaincus par les frimas,

« Avaient trouvé la mort en de lointains climats.

« C'est alors que je dus rentrer dans ma patrie;

« Et, relégué depuis au fond d'une mairie,

« Quand j'ai vu reflotter la bannière des lis:

« Enfin, me suis-je dit, mes vœux sont accomplis!

« Il vient de se briser, le fléau de la guerre!

« Je quitte le cordon que je portais naguère:

« A des honneurs moins vains je vais être appelé.

« Au char de la grandeur je me suis attelé;

« Comme un faible arbrisseau m'élevant avec peine,

« Courbé sous mes liens, j'en ai rompu la chaîne,

« Et, flattant tour à tour ultras et mécontents,

« Je fus admis au sein de nos représentants.

« J'étais en bon chemin: je double de courage;

« De mon Roi, de la cour, je brigue le suffrage.

« Déjà tout me seconde au gré de mes désirs;

« Un ministère enfin réclame mes loisirs!

« Je veux qu'à mes sujets mon règne soit prospère:

« Du Français inconstant je me montre le père;

« Je propose une loi pour le bien de l'état.

« Chaque rentier la voit comme un noir attentat.

« De me faire chérir je perds toute espérance ;

« Je meurs sans emporter les regrets de la France.

« Elle sourit de joie à mes tristes adieux ;

« Mais j'ose en appeler au tribunal des dieux !

« A peine sur le peuple avais-je main levée,

« Que l'on interrogea ma conduite privée.

« Donnant un autre but à de nobles penchants,

« On prit pour m'attaquer les armes des méchants.

« On osa s'égayer sur mon antique flamme.

« Mon cœur à son printemps brûla pour une femme,

« Il est vrai ; mais alors mon nom plus qu'ignoré

« Du titre d'excellence était-il décoré ?

« Sans compromettre en rien les lois de la noblesse,

« Je pouvais m'abaisser à l'humaine faiblesse.

« J'ai vu briller pour moi les flambeaux de l'hymen ;

« La fille d'un colon dut recevoir ma main [2].

« Ses aïeux n'eurent point une illustre carrière ;

« Mais jamais la beauté fut-elle roturière !

« Je n'avais pas prévu qu'un jour tant de candeur

« Serait sacrifiée à l'injuste grandeur [3].

« Ce cruel abandon excita ma souffrance ;

« Mais je dus m'immoler au salut dé la France ,

« Et , pour aller veiller au bien des nations ,

« J'imposai le silence à mes affections...... »

« Doucement , dit Minos. Mais ce panégyrique ,

« Si Clio m'a dit vrai , n'est pas très historique.

« Pour cacher ses erreurs notre esprit est fécond ,

« Et pour faire un portrait surtout vive un Gascon !

« Avant que de ces lieux tu quittes la sellette ,

« De plus justes couleurs garnissant ma palette ,

« Je vais montrer à nu tes méfaits , tes exploits ,

« Et décerner le blâme ou l'éloge à tes lois.

« Loin des lieux fortunés que la pourpre environne,

« Tu naquis plébéien aux bords de la Garonne.

« Dès tes plus jeunes ans , petit , maigre et chétif ,

« Te douant d'un esprit indolent et rétif ,

« Aux yeux les plus ouverts ton ingrate nature

« Ne fit rien soupçonner de ta splendeur future ;

« Mais pour te surpasser tu t'élanças d'un bond

5

« Du sol de la Gironde à l'île de Bourbon.

» D'un planteur que Jourdain aurait pris pour modèle

« La fille te charma ; tu te fis aimer d'elle.

« Ta bouche peu timide à la jeune Panon

« Offrit de partager et ta couche et ton nom ;

« Et comme le destin en ces climats avares

« Rendit probablement les beaux hommes trop rares,

« La belle t'accepta. L'or qui suivit sa main

« De nouvelles grandeurs te fraya le chemin ;

« Et, bravant à jamais la fortune jalouse,

« Tu regagnas gaîment les plages de Toulouse.

« Là, malgré tes efforts, de l'*homme du destin*

« Les illustres faveurs ne t'ont jamais atteint.

« Mais les vents sont changeants. Au nom de la patrie,

« Louis te conféra les soins d'une mairie.

« Séduits par tes grands mots d'honneur, de liberté,

« Des Français confiants te nomment député ;

« Tu viens, et dépéçant les lois de l'Angleterre,

« Ta voix aigre et criarde effraie un ministère

« Qui pour te désarmer te reçoit dans ses rangs.

« Tes principes alors deviennent différents ;

« D'un faux libéralisme on te voit te démettre.

« A l'aide de Comus tu prétends tout soumettre ;

« Et , dès que ton grand cœur eut chassé du chemin

« Ceux qui pour t'y placer t'avaient tendu la main ,

« Tes vœux sont exaucés , et ta haute prudence

« Du conseil des Sully reçoit la présidence.

« Un sage l'avait dit : Plus que l'adversité

« Redoutez les excès de la prospérité :

« C'est le serpent caché sous des roses brillantes.

« Et du sort en courroux les rigueurs malveillantes

« Troublent moins la raison que ne l'ont fait cent fois

« Les faveurs du destin et la pourpre des rois.

« Les grandeurs , en effet , te font perdre la tête ,

« Et le temps pourra seul hasarder l'épithète

« Que l'on doit accoler à ton nom désastreux... !

« Sous ton règne fatal , jésuites et chartreux ,

« Moines roux, blancs ou noirs, en France pullulèrent ;

« Des lois et des beaux-arts les progrès reculèrent ;

« Enfoui par prudence , un métal généreux

5.

« Cessa de raffermir le bras du malheureux ;

« Et les nombreux canaux d'une active industrie

« Se trouvèrent taris au sein de la patrie !....

« Je ne te parle point du fameux trois pour cent,

« Expiré de langueur sur ton bras impuissant ;

« Je ne te parle point des poignards jésuitiques

« Envoyés par tes soins aux spahis despotiques ;

« Je garde le silence à l'égard des affronts

« Que l'Ibère vaincu réservait à vos fronts ;

« Sur les mutations, les sauts et les bricoles

« Dont le doux Loriquet fatigue les écoles [4].

« Mais je te montrerai, moi, visir trop hardi,

« Moi que tes grands repas n'ont point abâtardi,

« L'insulte qu'un Germain, d'une arrogance altière,

« A faite sous tes yeux à la patrie entière ;

« Le projet qui, par toi dans la chambre apporté,

« D'un sommeil de sept ans frappa la liberté ;

« Les obstacles qu'ont mis de saintes consciences

« A l'affranchissement du berceau des sciences ;

« Les bureaux encombrés de maigres cadédis,

« Signant l'abus des lois ou leur *de profundis* ;

« Pour avoir de tes pas scruté la dictature,

« L'institut épuré comme une préfecture ;

« Les statuts de la Charte omis ou mutilés ;

« Les droits électoraux tronqués ou violés ;

« Par une catastrophe avec soin amenée,

« La cendre d'un vieillard lâchement profanée ;

« Un peuple noble et fier, objet de ton effroi,

« Privé du doux honneur de veiller sur son roi ;

« Les talents exilés ; la basse flatterie,

« De dignités, d'honneurs et de truffes nourrie,

« Se gorgeant des trésors qu'on lui verse à grands flots ;

« Et, pour finir enfin ces ignobles tableaux,

« Au gré d'une police insolente, abhorrée,

« La jeunesse française avilie et sabrée.

« Voilà les actions, les arrêts, les bienfaits,

« Dont la France a sous toi ressenti les effets.

« Maintenant je te laisse à juger à toi-même

« Si je dois t'accorder l'éloge ou l'anathème [5]. »

« Sans doute j'ai péché, reprit le trois-pour-cent ;

« Mais si mon bras faillit, mon cœur fut innocent,

« Et j'implore à tes pieds, maître des destinées,

« L'oubli du peu d'erreurs de mes longues années.

« Tu connais ma disgrâce et mes nombreux exploits.

« Que la sévérité ne dicte pas tes lois.

« Je pourrais en ces lieux te devenir utile ;

« Parfois dans un conseil on vit briller mon style :

« Ne puis-je, à tes côtés exerçant mon savoir,

« Sur les pâles humains diriger ton pouvoir ? »

« Arrête, dit Minos. Lorsque ton cœur aspire

« A commander sous moi dans l'infernal empire,

« Quand il brigue un honneur qu'il n'a pas mérité,

« Je pourrais le punir de sa témérité.

« Jadis, pour obtenir une brillante aumône,

« Tes lèvres se posaient sur la base d'un trône.

« J'aime à te voir ramper : esclave, incline-toi !

« La majesté d'un Dieu vaut bien celle d'un roi.... !

. . . .

« Pourtant ici je veux signaler ta présence :

« Je transforme l'Erèbe en séjour de plaisance ;

« Un repas somptueux va nous être servi ;

« De mille autres bientôt tu le verras suivi. »

A peine a-t-il parlé, soudain tout s'exécute.

Villèle, qui jamais sur ce point ne discute,

Se place, en approuvant du geste et de la voix.

« Halte, lui dit Minos : connais enfin mes lois.

Tu vas de ma conduite apprendre le mystère.

« Lorsque dans un palais, appelé ministère,

Tu dressais une table à de nobles gourmets,

Un convive étranger ne s'y montrait jamais.

Celui qui, par hasard et contre son attente,

Avait de ton amour cette preuve éclatante,

Croyant que l'on doit mettre un tel honneur à prix,

Te rendait vingt dîners pour un qu'il avait pris......

Si tu peux suivre ici de si nobles préceptes,

Ton couvert est dressé, je veux que tu l'acceptes...

Mais je vois ton martyre, et déjà tu frémis ;

Ton avide estomac se trouve compromis......

Dis-moi, quand d'un rentier la légère fortune,

Au gré de ton vouloir, subit mainte lacune,

Il murmura long-temps ; mais, petit à petit,

Sur ses rentes il dut régler son appétit ;

A force de jeuner il y parvint à peine.

Eh bien ! tu vas subir ici la même peine.

Surtout ne te plains pas de ma décision :

Je ne fais qu'appliquer la loi du talion.

« Naguère en ton palais on mangea plus de truffes

Que la France aujourd'hui ne compte de Tartufes ;

Devant tes mets friands , par Comus enviés ,

Tu vis se réjouir maints ventrus conviés.

Aussi bien qu'eux ta voix pourra se faire entendre.

Admire nos festins..., mais toujours sans rien prendre.

Moins délicat pourtant que le fameux Canning ,

Tu peux te restaurer trois fois contre nous cinq ,

Si les pâles rentiers , d'une humeur plus traitable ,

Daignent t'abandonner les débris de leur table !

. . . .

. . . .

ÉPILOGUE.

Bercé par la douleur de voir tant de ministres
Couvrir la liberté de maints haillons sinistres,
Je m'étais assoupi; je rêvais le bonheur;
Je voyais se briser un sceptre suborneur;
Le peuple était heureux, et je criais merveille.
Tout fier de ma patrie, en sursaut je m'éveille.
On m'apporte un journal; je l'entr'ouvre, et je voi:
VILLÈLE A TRAVAILLÉ CE MATIN CHEZ LE ROI!!!!

FIN DU QUATRIÈME ET DERNIER CHANT.

NOTES.

NOTES.

CHANT PREMIER.

(1)   Le soldat citoyen retrouvait son armure.

Nous aurions dû dire, Reprenait une nouvelle armure : car nos soldats citoyens ne consentiront jamais à reprendre l'ancienne, à laquelle une ordonnance ministérielle a fait une tache ineffaçable.

(2)   Croyait voir dans la fange encor traîner la croix.

Des lecteurs malicieux ont prétendu que par ce vers nous avions voulu désigner M. Rots.... Nous leur ferons observer que nous n'avons cité personne.

(3)   Du moins aucun Français ne lui perça le sein.

Ceux qui calomnient la jeunesse de nos jours ont sans doute oublié les preuves de courage et de patriotisme qu'elle a données sur les buttes Saint-Chaumont, le 31 mars 1814.

(4)   Qui du sang protestant gorgea son confesseur.

Personne n'ignore l'éclat immortel dont ont joui , sous le

règne de Louis XIV, les lettres et les beaux-arts; mais personne n'ignore aussi que la fin de ce beau règne fut ternie par les dragonnades des Cevennes et la révocation de l'édit de Nantes.

(5)   J'aperçois ce trophée unique dans l'histoire.

La Colonne. Que les nations se lèvent et viennent nous dire si jamais aucune d'elles a possédé ou mérité de posséder un monument qui fasse rejaillir sur leur patrie autant de splendeur que ce bronze glorieux en fait rejaillir sur la France.

(6)   Les titres que nos rois leur avaient conférés.

Il faut rendre à chacun la justice qui lui appartient. Erostrate en brûlant le temple d'Éphèse, Omar en incendiant la bibliothéque d'Alexandrie, out conquis l'immortalité. La postérité n'apprendra pas sans une surprise vraiment admiratrice que M. le comte d'Appony, au sein de la capitale française, osa, de son autorité privée, déshériter l'élite de nos preux des titres que la gloire et nos rois leur avaient conférés.

(7)   Oh! qui pourra jamais de cette riche *manse.*

Mot anglais francisé, qui signifie presbytère, logement.

(8)   Qui du moustier d'Issy gorgeront les ermites.

Les soldats du général Fortis n'étaient pas satisfaits de la caserne importante qu'ils occupaient à Montrouge, ainsi qu'à Saint-Acheul : ils ont établi des avant-postes à Issy, afin de pouvoir mieux veiller sur la capitale. Quelle généreuse prévoyance!

(9)   En vain il parcourut les rêves de Fiévée.

Profond politique dont le public n'a jamais compris les ouvrages, petit inconvénient dont l'auteur n'est pas toujours
exempt.

(10)   De maître de Massas la Lisbonne sauvée.

Je pourrais, cher lecteur, vous prouver ce que j'avance en
vous disant de lire cet ouvrage; mais je suis trop votre ami
pour vous donner de pareils conseils.

(11)   Les discours tortueux du célèbre Roger.

Lisez-les si vous en avez le courage, et vous m'en direz des
nouvelles.

(12)   Les sermons de d'Hermès, les notices d'Auger.

On a surnommé M. Auger le dieu de la notice. Le mot
dieu me paraît beaucoup trop noble pour être employé dans
cette circonstance.

(13)   De l'éternelle Gay les flonflons poétiques.

Mlle Delphine Gay, toujours Mlle Delphine Gay : c'est le
marquis de Carabas de la société parisienne. Le baron Gros
a-t-il fini sa coupole de Saint-Geneviève, qui chantera ce bel
ouvrage? Mlle Gay. Foy meurt, qui rendra le deuil de la
France? Mlle Gay. Qui implorera les rois pour les Grecs?
Mlle Gay. La congrégation perd le duc de Montmorency; qui
consolera l'autel et le trône? Mlle Gay. Sa fabrique de vers est
en aussi grande activité que celles des griffonneurs publics,
qui écrivent sur leurs carreaux : *Ici on fait vers et couplets*

pour les fêtes et les noces. Il n'y a qu'un petit malheur, c'est que

> Églé, belle et poète, a deux petits travers :
> Elle fait son visage, et ne fait pas ses vers.
>
> (*Extrait d'une biographie.*)

(14)   De messire Dudon les fugues politiques.

Consultez les discours qu'il a prononcés à la chambre, en faveur de la loi d'amour, et je parie que vous ne les finissez pas, les lussiez-vous dans le *Moniteur,* où à coup sûr ils ne sont jamais tronqués. Alors vous serez étonnés que M. Villèle n'ait pu s'endormir.

(15)   Les romans boursouflés de mons Abel Hugo.

Han d'Islande et *Bug-Jargal,* ouvrages monstrueux dans toute la force du terme.

(16)   L'histoire que, dit-on, vient de rater Pigault.

Faites des romans, mon cher M. Pigault, faites des romans ; du moins on les lira, et avec plaisir même.... Mais votre histoire....

> Lebrun-Pigault, d'amusante mémoire,
> Vient ce mois-ci de rater son histoire.
> Le cas, dit sa moitié, n'est pas très surprenant :
> Vingt fois il m'en a fait autant.

(17)   Des Viennet, des Nodier, les œuvres romantiques.

M. Viennet. Je ne sais plus quel journaliste a dit : Ladvocat a eu le talent de vendre les vers de M. Viennet, c'est adroit ; mais s'il avait pu les faire lire avec plaisir, c'eût été une chose encore plus surprenante. Si ce journaliste avait lu l'*Épître aux chiffonniers*, son étonnement aurait cessé.

Avez-vous lu *Jean Sbogar* et les *Vampires*, de M. Nodier ? — Non. — Mon ami, vous êtes né sous une bienheureuse étoile.

(18)   Du pesant Draparnaud les drames pathétiques.

Et les belles tragédies de M. Draparnaud, les avez-vous vues ? — Hélas oui ! — Diable ! j'en suis fâché : vous n'êtes pas si heureux que je le croyais.

(19)   Les arguments diffus du bouillant Delalot.

Et M. de Villèle ne dormait pas ! Il faut donc qu'il soit avec Morphée comme il est avec toute la France.

(20)   Les couplets de Francis, les lettres d'Ancelot.

Lettres d'Ancelot sur la Russie, qu'il a profondément observée assis au coin d'un bon feu et à l'aide d'un télescope. Je ne sais pas si ces lettres amusaient beaucoup M. de Saintine, à qui elles étaient adressées ; mais je soutiens qu'à sa place, les frais de poste m'auraient paru bien lourds.

(21)   Mais quoi ! d'un vagabond l'inconcevable audace.

Son excellence parle de Paulmier, à qui elle intenta un procès pour avoir employé la menace en lui demandant une pension ou un emploi.

(22)   Je voyais un poignard suspendu sur ma tête.

Paulmier avait dit, et répéta devant le tribunal, qu'il souhaitait qu'une autre Charlotte Corday envoyât Son Excellence où la première avait envoyé Marat.

6

(23)   Mais l'erreur m'égarait , on a su l'enhardir.

M. de Villèle se trompe : un homme qui pour un délit quelconque a déjà paru devant des juges n'est nullement tenté de se remettre une seconde fois dans leurs mains.

(24)   Pour y sceller ainsi la honte d'un ministre.

On sait que Paulmier fut acquitté.

(25)   Ma mort serait, dit-on , nécessaire à la France.

M. de Villèle se trompe encore : nous demandons la conversion du pécheur, et non sa mort.

(26)   Noble instrument de mort que je tiens de Montrouge.

On lisait dernièrement dans un journal que les jésuites venaient d'inventer une arme dont le plus léger coup donne infailliblement la mort.

(27)   Vers les rives du Styx tranquillement s'élance.

Nous prions nos lecteurs de vouloir bien se souvenir que c'est un rêve. Quoique nous ayons de nombreux reproches à adresser à M. de Villèle , nous aimons à lui croire assez de religion pour ne pas le supposer capable d'un suicide.

CHANT SECOND.

(1)   L'hymne que fit pour toi le Castillan Moustiers.

Moustiers, connu par une ambassade récente dans laquelle il se montra plus Espagnol que Français, improvise, dit-on, de très jolis vers qu'il assaisonne toujours d'un accompagnement de guitare.

(2)   Amphion-Martignac, en son brûlant délire,
        Fait pour ton successeur vibrer sa noble lyre.

M. de Martignac, conseiller à la cour de cassation, fait, dit-on, les vers aussi bien que les rapports, et ce n'est pas peu dire.

(5)   Avec le même fouet qui jadis chez Panon
        Donna tant de splendeur et d'éclat à son nom.

M. Villèle, avant d'être maire à Toulouse, et d'obtenir la particule *de*, était régisseur d'un sieur Panon, planteur à l'île Bourbon, le même qui a si ingénieusement transformé son nom en celui de Desbassins, attendu qu'il était possesseur de trois bassins dans ses nombreuses propriétés.

6.

(4)   Delabrosse, Olivier, le factieux Balue.

Brosse (Pierre de la), barbier de saint Louis, et ministre
des finances de Philippe-le-Hardi, fut pendu à Montfaucon,
comme soupçonné d'avoir empoisonné le premier héritier de
la couronne. Son exécution eut lieu en 1276.

Olivier (le Diable), barbier et ministre de Louis XI. Ce prince
le combla de bienfaits; mais à sa mort, Charles VIII, qui con-
naissait tous ses crimes, le livra entre les mains de la justice,
qui le condamna au supplice de la potence, en 1491.

Balue (Jean la) fut comblé des bonnes grâces de Louis XI.
Enfin, s'étant élevé par des forfaits inouïs aux fonctions de
premier ministre, il trama divers complots contre la famille
royale; mais son hypocrisie fut démasquée. Le roi le fit enfer-
mer dans une cage de huit pieds carrés qu'on voit encore aujourd'hui au château de Loches. Il resta dans cette prison
pendant onze ans, après quoi le neveu de Sixte IV sollicita son
élargissement. Arrivé à Rome, où Louis XI croyait qu'il serait jugé, il fut comblé d'honneurs, et réussit encore à se faire
nommer légat en France; enfin, de retour dans la capitale de
l'Italie, il fut fait évêque, et mourut en 1491, au-dessus des
scrupules, de la honte et des remords.

(5)   Concini, Guette, Ebroïn, au milieu des tourments.

Ancre (Concini-Concino) fut premier ministre sous Louis
XIII; mais bientôt ce jeune prince, à qui il ne laissait que le
titre de roi, lui jura une haine implacable, et ordonna son assassinat. Ancre fut tué de plusieurs coups de pistolet, dans la cour
du Louvre, le 24 avril 1617. On dit que le roi, en apprenant
la mort de son ministre, se montra à la fenêtre de son palais,

et cria aux conjurés : « Grand merci à vous ! A cette heure je suis roi. »

Son corps fut enterré à Saint-Germain-l'Auxerrois ; mais le peuple l'en retira , malgré la résistance du clergé, et le pendit ; ensuite on le démembra , on le coupa en pièces, et l'on vendit ses restes à la populace furieuse, qui les mangea.

Guette (Gérard de la) s'insinua , à force d'intrigues, dans les bonnes grâces de Philippe-le-Long , qui l'éleva aux plus grands honneurs ; mais bientôt, accusé de concussions , de vol sur les monnaies, et d'aggravations d'impôts , il fut livré par Charles VI aux horreurs de la question ; il expira dans les tour‑ ments en 1322.

Ebroin, maire du palais de Clotaire III et de Thierri Ier. A la mort de Clotaire, en 670 , il mit Thierri sur le trône ; mais la haine que les seigneurs portaient à Ebroin rejaillit sur le roi. On donna la couronne à Childéric II , et Thierri et son maire du palais furent tondus et enfermés dans des couvents.

Après la mort de Childéric, Thierri fut replacé sur le trône. Ebroin, s'étant échappé du couvent, fit assassiner Leuvèse , alors maire du palais, supposa un Clovis qu'il disait être fils de Clotaire III , força les peuples à lui prêter serment de fidélité, et ravagea les terres de ceux qui voulurent lui résister. Ses fu‑ reurs se signalèrent de nouveau contre saint Léger , qu'il livra au martyre. Dagobert II , roi d'Austrasie, fut assassiné par les rebelles qu'il suscita. Enfin il fut tué en 681 , par Hermanfroi, seigneur qu'il menaçait de la mort , après l'avoir dépouillé de ses biens.

(6) . . . . Le malheureux Lally.

Lally (Thomas-Arthur comte de), après avoir rendu d'é‑ minents services à la France et à son roi , qu'il chérissait, fut en butte à l'envie, qui l'accusa de haute trahison. Son procès fut instruit. Lorsqu'il entendit prononcer ces mots, *avoir trahi les intérêts du roi*, il ne put retenir son indignation, et s'écria d'une voix tonnante : « Cela n'est pas vrai ! jamais ! jamais ! » Mais ces paroles ne firent qu'accroître la rage de ses ennemis, et plusieurs de ses juges étaient de ce nombre. Il mourut innocent, du supplice des traîtres, le 9 mai 1766.

CHANT TROISIÈME.

(1)   *Mundus vult decepi, mundus sit deceptus.*

Le monde veut être trompé, qu'il soit trompé. Cette devise
pouvait très bien convenir au bon vieux temps; mais le direc-
teur du théâtre des enfers a jugé qu'elle avait trop vieilli pour
notre siècle.

(2)   Et, pour mettre le comble à leur humeur vandale,
        Ils disent qu'un soulier vaut bien une sandale !

En Espagne, lorsqu'un moine ou un membre quelconque du
clergé entre dans l'appartement d'une femme, il laisse ses san-
dales à la porte; et l'amant, le mari, le frère, ni même le
père, n'oseraient se permettre de troubler d'aussi saintes con-
férences. O le joli pays que cette vieille Espagne !

(3)   Opposons les Français aux *négros* déconfits.

En Espagne on appelle *négros*, noirs, ceux qui sont las de
l'inquisition, des auto-da-fé, des flagellations, des galères, et
autres gentillesses semblables qui fourmillent dans ce beau pays.
Les *purs*, qui entourent Ferdinand et le dérobent à son peuple,
désignaient jadis sous le nom de *négros* tous les constitu-
tionnels; mais à présent ils donnent ce nom à tous ceux qui ne
pensent pas comme eux.

(6)   Et, ne se plaignant point des peuples en démence,
         D'un Dieu qui l'opprimait proclamer la clémence.

Voyez, pour plus amples détails sur ces illustres enfants de
l'Afrique, l'article *Négros*, dans l'ouvrage intitulé, *Des erreurs
et préjugés répandus dans la société*, par M. Salgues, qui s'est
attaché à venger ces mortels malheureux des outrages et de la
barbare indifférence que leur prodiguent, depuis des siècles,
des nations qui se disent civilisées.

(7)   Arrêtez ! de Henri sont-ce là les soldats ?

Henri Diaz, capitaine dans les troupes françaises, fit avec
elles les guerres de la république. (Voyez Salgues.)

(8)   Et jusqu'aux plus hauts faits parvenu dans son vol,
         Obtint le noble nom de Coclès du Tyrol.

Il participa aux guerres d'Italie, comme le précédent.

(10)   Des peuples abrutis, que la gloire importune,
         Repoussent du Texas l'honneur et l'infortune.

On se rappelle encore le Champ d'Asile. Cette colonie de
malheureux blessa les regards des peuples voisins, et les Français furent de nouveau errants et dispersés.

(11)   Le roi des Pays-Bas ressuscite Henri Quatre.

Chaque jour ajoute à l'estime, à l'amour que ses sujets
portent à ce prince. Il aime à se montrer populaire, et depuis
quelques années les journaux ont cité de lui mille et un traits de
bonté, de douceur et d'affabilité, que l'histoire ne pourra
manquer de recueillir un jour, et qui illustrent la mémoire
d'un souverain autant pour le moins que des conquêtes brillantes et de hauts faits d'armes.

En novembre 1825, une vieille femme conduisait dans l'*Allée Verte* de Bruxelles un âne chargé de plusieurs sacs de feuilles mortes. Un de ces sacs vint à tomber. La vieille faisait de vains efforts pour le remettre en place, lorsqu'un homme vêtu d'une rédingotte bleue, qui l'avait aperçue du banc où il était assis, vint à son secours, et tandis que la pauvre vieille, ébahie, ne savait comme le remercier, il lui glissa une pièce d'or dans la main et disparut. Cet homme était le roi des Pays-Bas ! (*Biographie des Souverains du 19ᵉ siècle.*)

(12)   Le général Fortis, pour tripler ses armées,
          Enrôle tour à tour et géants et pygmées.

Le général Fortis est le général des jésuites ; son état-major est à Rome.

(13)   Et s'était endormie aux chants du bengali.

Allusion à un célèbre quatrain de MM. Méry et Barthélemy, dans *le Congrès des ministres.*

CHANT QUATRIÈME.

(1)   Tranquille au sein des mers, en prenant mes ébats ,
        Je bravais sans danger le destin des combats.

On sait que M. Villèle était alors régisseur de M. Panon.

(2)   La fille d'un colon dut recevoir ma main.

Son Excellence épousa la fille de son patron, M. Desbassins ,
ci-devant M. Panon.

(3)   Serait sacrifiée à l'injuste grandeur.

Sacrifiée peut être très poétique ; mais l'expression n'est
pas juste. L'épouse de M. de Villèle ne fut pas sacrifiée, mais
bien, dit-on, éloignée de lui, ce qui n'est pas du tout la même
chose.

(4)   Sur les mutations, les sauts et les bricoles
        Dont le bon Loriquet fatigue les écoles.

Ces deux vers font allusion aux changements et bouleversements qui se rattachent à tant d'écoles de France , depuis
quelques années, et qui même tout récemment viennent d'agiter
le séminaire de Saint-Acheul lui-même ! Ces changements et
bouleversements , préparés dans l'ombre par la faction jésui-
tique , sont attribués , non sans raison , aux chefs de cette

faction, et l'on cite comme un des plus éminents personnages
parmi ces chefs le R. P. Loriquet, supérieur de la maison
de Saint-Acheul.

(5)   Maintenant je te laisse à juger à toi-même
        Si je dois t'accorder l'éloge ou l'anathème.

Les faits divers énoncés dans cette tirade sont, nous le
croyons, d'une authenticité bien formelle ; le trois pour cent,
les poignards envoyés à Ibrahim, l'insolence et le mépris des
Espagnols à notre égard, l'impudence de l'ambassadeur d'Autriche, la septennalité, la proscription tacite des Grecs, la
bureaucratie gasconne, la destitution d'académiciens, les frau-
des électorales, les funérailles de M. de la Rochefoucault, le
licenciement de la garde nationale, et la petite dragonnade du
quai des Orfèvres, sont des faits tellement avérés que toutes
les dénégations viennent expirer devant eux.

FIN.